連環殺人魔

Sherlock
Holmes

SHERLOCK HOLMES

U0053570

大偵探福爾摩斯
——連環殺人魔——

「福爾摩斯先生，一共被燒毀了5個拷貝啊。你一定要幫我找出破壞者。」自稱里爾的中年人來到貝格街221號B，哭喪着臉向大偵探央求。

里爾是一個電影製片商兼發行商，他早前拍了一部名為《火

車到站》的紀錄片。可是，影片公映了不到兩天，就有人潛進戲院**蓄意放火**燒毀這部電影的拷貝。由於連母拷貝在內，所有拷貝已全部被毀，這意味着他投資在這部電影上的資金已**泡湯**了。

「你有沒有想過破壞影片的歹徒是甚麼人？」福爾摩斯問。

「我當然想過。但我做生意和做人也一向**循規蹈矩**，沒有仇家的啊。」里爾一臉無奈地說，「而且，這部片不會很賣錢，其他片商根本不會把它放在眼內。」

「這麼說來，大概不是競爭對手來搞破壞。」福爾摩斯想了想，再問道，「這部片拍的是甚麼東西？」

　　「只是拍攝火車**進站**和**離站**的情景，內容絕不會得罪人。」

「火車進站和離站？你為甚麼會拍一部這樣的電影？」

「我看過法國的同行在巴黎拍過一部類似的影片，覺得有趣，就依樣畫葫蘆，在帕丁頓火車站拍一部讓本地人看看罷了。」

「或許有點像『六個拿破崙』呢。」福爾摩斯向站在旁邊的華生說。

「『六個拿破崙』？甚麼意思？」里爾完全摸不着頭腦。

「啊，沒甚麼，只是讓我想起另一宗與破壞有關的案子而已。」福爾摩斯輕描淡寫地說，看來他不想浪費唇舌解釋。

但華生記得，所謂「六個拿破崙」*，是自己與福爾摩斯一起調查的一宗奇案。有個歹徒專門破壞拿破崙的塑像，針對的卻並非那些塑

＊詳情請閱《大偵探福爾摩斯⑦六個拿破崙》

像，而是另有目的。福爾摩斯想說的是，破壞影片的歹徒大概也不是針對影片本身，而是另有**不可告人的目的**。

「里爾先生，這樣吧。」福爾摩斯說，「你把關於這部影片的所有資料整理一下，諸如製作人員名單、**拍攝日期**、被拍攝的**火車班次**、案發戲院的地址、上映了的場次、售出了多少戲票等等，然後送過來給我參考，我或許能在當中

找出破案的線索。」

「好的，我回去準備，整理好後馬上送來。」說完，里爾先生就走了。

「看來這案子不容易破呢。」華生說。

「是啊。」福爾摩斯說，「影片本身是**關鍵證物**，但5個拷貝都被燒毀了，確實不容易調查。不過，這正好鍛煉我的腦袋，就算破不了也可以解解悶。」

說完，福爾摩斯拿起擱在身旁的報紙，繼續看起報來。就在這時，門外卻響起了「**咚、咚、咚**」的敲門聲。

「進來吧，門沒有上鎖。」福爾摩斯揚聲叫道。

大門被輕輕地推開，愛麗絲帶着一股香氣走進來。

「我做了一些香橙布丁，你們要嚐嚐嗎？」她喜滋滋地說。

「嘩！好漂亮呢。」華生嗅到布丁的香氣，已垂涎三尺了。

「你會做布丁嗎？應該是房東太太做的吧。」福爾摩斯質疑。

「製作這些布丁要分10個步驟，我和赫德森嬸嬸各負責5個，算是一起弄的。」

「哎呀，別管是誰弄的，最重要是好吃。」華生惟恐被別人搶去似的，已張大嘴巴，把一個塞進口中。

「你負責一半步驟嗎？」說着，福爾摩斯撿起一個左看右看，看來仍不放心。

愛麗絲不滿地說：「福爾摩斯先生沒信心的話，可以不吃啊。」

「唔……有50%不好吃的風險，實在叫人難以決定啊。」

「好吃！好吃！」華生舔了舔嘴唇，又拿起第二個。

「華生醫生也說好吃呢。」愛麗絲斜眼看了看我們的大偵探，得意地說。

「是嗎？華生也說好吃的話，風險減半，那麼我——」

「**我就吃吧！**」突然，一個手影一閃而過，福爾摩斯手上的布丁已在空氣中消失了。

「**唔！好吃！真好吃！**」小兔子擦了擦嘴邊的奶油說。福爾摩斯三人還未回過神來，兩個手影又殺至，把托盤上最後

2個布丁也掃光了。

福爾摩斯呆了一下才懂得喝罵：「**哎呀！**你怎可以全部吃光！」

小兔子伸伸脖子，待布丁「**喵咚、喵咚**」的全被吞下後，才笑嘻嘻地說：「哎呀，高風險的事情就讓我來幹吧。要是布丁有**毒**，毒死了

⑪

我們**首屈一指**的大偵探，可是大英帝國的損失啊。」

「**豈有此理！**吃了我做的布丁，還說有毒！」愛麗絲指着小兔子斥責。

「對！你太過分了！」福爾摩斯也很不滿。

「我常常為你送電報，吃你幾個布丁也應該吧。」小兔子揚了揚手中的電報。

「唉，算了，就算我倒霉吧。」福爾摩斯心有不甘地接過電報，但一看之下，臉色突然**刷白**。

「怎麼了？」華生問道。

「看到加雷嗎？」狐格森低聲問。

「噓，別吵，我在看呀。」說着，李大猩舉起手槍，狠狠地盯着街角外面。

噔、噔、噔、噔、噔、噔、噔、噔……

手杖敲在地板上的聲音由遠而近，逐漸逼近3人藏身的街角。華生聽到自己的心臟已「噗咚、噗咚」地響。

這時，一個矮小的黑影突然像幽靈似的在黑暗中浮現。他無聲無息地跟在那個紳士的後面，

兩眼發出寒光**虎視眈眈**，就像一隻正在等待機會進行獵殺的野貓。不用說，他就是3人久候多時的**加雷**！李大猩看到了加雷的身影後，急忙把伸出去的頭縮回來。

噔、噔、噔、噔、噔……

手杖的敲打聲已近在耳邊！

那個紳士突然闖進3人的視界，以**不徐不疾**的步伐越過了街角，像看不到他們似的一直往前走。同一時間，李大猩舉手往後一揮，一個閃身退後了一步，狐格森和華生也跟着後退，隱沒在街角的**暗影**之中。

不一刻，加雷那矮小的身影也走近了，他緊跟着前面的紳士，越過了3人藏身的**街角**。

「是狐格森發來的電報。你⋯⋯你的老師⋯⋯赤熊醫生他⋯⋯遇害了。」

「*甚麼？老師⋯⋯老師他遇害了。*」

華生不敢相信自己的耳朵，他一手奪過電報，**目不轉睛**地看起來。

小兔子和愛麗絲都察覺到事態嚴重，只能站在一旁不敢吭聲。

「老師他⋯⋯這麼好的人，與人**無仇無怨**，怎會遇害的呢⋯⋯？」華生眼裏已閃現着淚花。

「電報沒寫得太詳細，我們要到**蘇格蘭場**去問問才行。」

這時，華生突然醒悟甚麼似的，抬起頭來問：「對了，電報怎會發給

你的？你認識赤熊老師嗎？」

「對不起，赤熊老師叫我不要說，所以一直沒告訴你。其實，當初是赤熊老師安排你的同學斯丹*，把你介紹給我認識的。老師知道你在**阿富汗**受了傷，情緒很低落，怕你出事，就故意安排你來這裏住，好讓你有個**室友**。」

「原來如此……原來……老師一直記掛着我這個**不肖學生**……」

這時，在華生的腦海中，他跟隨赤熊老師在**貧民醫院**習醫時的往事，就如放電影般一幕

*詳情請閱
《大偵探福爾摩斯①追兇20年》。

一幕地重現眼前……*

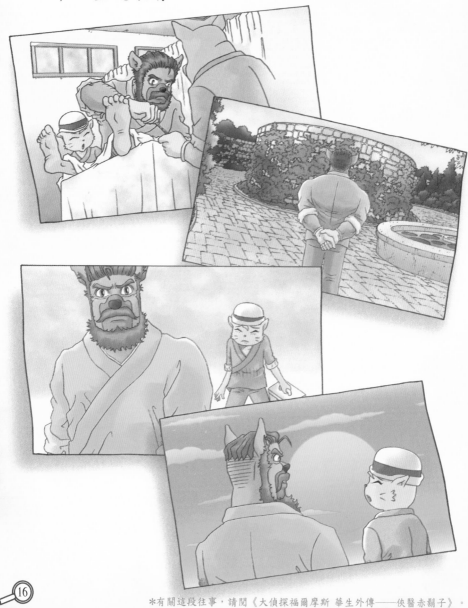

*有關這段往事,請閱《大偵探福爾摩斯 華生外傳——俠醫赤鬍子》。

福爾摩斯看着陷入悲痛中的華生，也不知道該說甚麼。

時間在沉重的氣氛中緩緩流逝，華生終於從回憶中返回現實，他喃喃自語：「這麼好的人，怎會遇害的？」

說完，他猛地抬起頭來，向福爾摩斯說：「你一定要出手調查此案，為老師捉拿兇徒！」

「這個當然！」大偵探答道，「**為公為私，我也一定會把兇手捉拿歸案！**」

赤鬍子與黑幫分子

　　兩人乘坐馬車去到蘇格蘭場，找到了**李大猩**和**狐格森**，他們讓兩人看過赤熊的屍體後，回到了辦公室。

「原來你們都認識赤熊醫生，難怪我們去醫院搜證時，在他的抽屜裏找到你的 名片 。」狐格森看了看福爾摩斯，又瞥了一眼仍然赤紅着淚眼的華生，歎了一口氣說。

「老師是怎樣死的？」華生嗚咽着問道。

「死於 **槍殺**，是一槍射中 **心臟** 斃命。」李大猩說，「驗屍官在他背部的衣服上找到開

槍時發出的**火藥粉屑**，顯示他是**近距離**被人從背後開槍殺死的。」

「有被搶掠的痕跡嗎？」福爾摩斯問。

「沒有，他身上的錢包並未失去，也沒有任何與人糾纏過的痕跡。」狐格森說，「他的死法，簡單說來，有點像**處決**。」

「處決？」華生訝異。

「對，就像**黑幫殺人**時，把背叛者或仇家處決那樣。」李大猩補充。

「你們為何有這種想法呢？」福爾摩斯從兩人的說話中，嗅到了不尋常的氣味。

「因為除了他之外，現場還有一個綽號叫『**跛牛**』的死者，他是個黑幫分子，坐過牢，

最近還被起訴過，但因為**證據不足**被釋放了。」

「啊……」福爾摩斯和華生都非常震驚，他們沒想到赤鬍子竟會與黑幫扯上關係。

「那個跛牛也是被**槍殺**的嗎？」福爾摩斯問。

「是。他**心臟**中了一槍，左前胸的衣服上沾有**火藥粉屑**，像赤熊醫生一樣，他也是**近距離**中槍致死。」狐格森出示一張現場的繪圖

繼續道，「此外，跛牛背後近肩膀的**左胸**上亦中了一槍，但那一槍不足以致命。」

圖中可見，跛牛仰臥在地上，赤鬍子則從右邊橫向伏在跛牛身上，形成一個「**十**」字。

福爾摩斯盯着繪圖，**自言自語**地說：「這個死狀有點奇怪……」

「對……老師怎會**伏屍**在一個黑幫分子的身上？」華生完全想不明白。

「嘿嘿嘿，有甚麼奇怪？」李大猩冷笑道，「這是**黑幫處決**嘛，一定是兇手先殺了跛牛，然後再殺死赤熊醫生，當赤熊醫生倒下時，剛好壓在跛牛身上，就是這麼簡單而已。」

「不可能的！」華生氣憤地反駁，「赤熊老師是個**慈悲為懷**的好醫生，絕不會與黑幫扯上任何關係，是沒有理由被黑幫**處決**的！」

「華生醫生，我明白你失去老師的心情，但查案時必須把**私人感情**暫且放下，否則就會失去客觀的判斷力啊。」狐格森半安慰半批評地說，「現場的情況非常清楚，這一定是**黑幫仇殺**，如果赤熊醫生僅是路過被殺的話，伏屍的位置不會那樣。」

「對，而且殺手是**二****人組合**。」李大猩說，「這是黑幫常見的手法，如果刺殺對象是兩

個人，黑幫為保**萬無一失**，就會至少派出兩個殺手執行任務，所以這是一宗有預謀的刺殺行動。」

「你們怎知道有兩個殺手？」華生不忿地問。

「還不簡單嗎？」李大猩說，「因為找到**兩枝槍的彈頭**呀。」

原來，警方從屍體挖出彈頭化驗後，發現赤鬚子中的一槍，與跛牛胸前中的那槍是來自同一把手槍。但是，跛牛背部近肩膀位置中的一

A槍	B槍
射在跛牛胸前心臟位置上，衣服上留下火藥粉屑（近距離射擊）。	射在跛牛背部近肩膀位置上，衣服上沒留下火藥粉屑（遠距離射擊）。
射在赤鬚子背部心臟位置上，衣服上留下火藥粉屑（近距離射擊）。	

槍，卻是來自不同的手槍，而且沒在衣服上留下**火藥粉屑**。

「不可能的！不可能的！不管怎樣，我絕不相信老師與黑幫有任可**瓜葛**！」

「為甚麼不可能？黑幫仇殺很常見啊，連跛牛這一宗，最近已接連發生過**6宗**了。」李大猩沒好氣地說。

經李大猩這麼一說，福爾摩斯也想起了報紙的報道，最近確實有幾宗黑幫分子被殺的案件。但與跛牛這一宗不同，他們都是**單獨被殺**。

「這兩個月已被黑幫仇殺案搞得**頭昏腦脹**了，你們如果不能提供甚麼線索的話，請回吧。」李大猩不客氣地**下逐客令**，「我們忙着的事情可多着呢。」

「我還有一個問題。」福爾摩斯問道，「跛

牛既然有這麼一個 **綽號** ，該是腿出了毛病吧？
他跛的是哪一條腿？」

「 **右腿** 。據說他曾受
過槍傷，由於 **肌肉萎縮**
而短了2吋。你問這個來幹
嗎？」李大猩反問。

「沒甚麼，只是好奇罷了。」說完，福爾摩
斯拍拍華生的肩膀，示意離開。

踏出門口後，福爾摩斯立即向華生說：「你
去 **貧民醫院** 調查一下，問清楚赤熊老師昨晚
外出是否為了出診，如果是的話，別忘記寫下
他 **出診的地址** 在哪裏。」

「好的，我馬上去辦。」華生知道老搭檔一
定發現了甚麼，所以也沒問因由，馬上攔住一
輛馬車直往貧民醫院飛馳而去。

T字形的街道

三個小時後，華生**風塵僕僕**地回到家中，看到福爾摩斯的桌上攤滿**剪報**，詫異地問：「全是黑幫分子被殺的報道，你在找甚麼？」

「先別管這個，你問到了嗎？」

「問到了，住在**保特蘭街***的一個病人患了急症，老師在晚上11點左右被叫了去出診。」華生說，「我剛才找到那個病人確認了，老師昨夜確實去過他家，逗留一個小時後才離開。」

「這麼說的話……」福爾摩斯一邊繪畫地圖一邊說，「老師是到保特蘭街出診後，經過跛牛遇襲的現場時，不幸受到**牽連**而遇害的。」

「你何以那麼肯定？」

*Portland Street

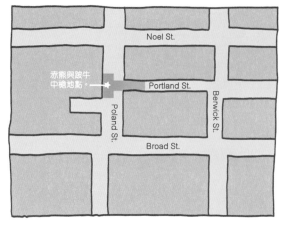

「老師和跛牛躺在**波蘭街***，波蘭街的旁邊有一幢建築物，所以與保特蘭街呈『**T**』字狀。」福爾摩斯指着地圖說明，「老師從保特蘭街步向波蘭街時，看不到波蘭街左右兩邊的狀況，卻可以看到保特蘭街的**盡頭**，即是『T』字的**頂端**。」

「那又怎樣？」華生問。

「首先，我們必須同意李大猩的分析，兇手應有**甲乙兩人**。由於跛牛背部中槍位置的衣服上並**沒有沾上火藥粉屑**，這證明是兇手甲在距離較遠的位置向他開的**第一槍**，但他胸部中槍的位置上卻**沾上了火藥粉屑**，

*Poland Street

那必是**第二槍**。」福爾摩斯說，「因為，兩個兇手行兇時必定是*由遠而近*，在遠處開一槍，發現雖然已把跛牛打倒在地上，卻看到他反過身來想逃走，於是走近再補一槍。」

第一槍（遠距離射擊）在背部。 **第二槍（近距離射擊）在前胸。**

「是的。」華生點點頭，「如果兇手在近距離開第一槍已殺死跛牛，沒理由會再走遠一點向他的背部開第二槍。」

「弄通了兇手**開槍的順序後**，就可進一步推論了。」福爾摩斯繼續分析，「由於跛牛是伏屍於『**T**』字的頂端，就是說，老師在**保特蘭街**可以看到跛牛中槍倒地，但由於視線被街角**遮擋**了，

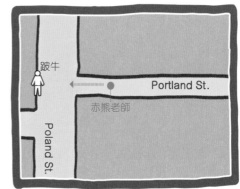

他可能聽到槍聲，卻沒看到兇手的身影。所以，他沒考慮自己的危險，馬上就跑過去救人了。」

「啊，我明白了。」華生恍然大悟，「老師跑到跛牛身邊後，他作為一個醫生，當然會立即**蹲下**來為跛牛檢查傷勢。這時，兇手乙已悄悄地走近，先向**老師背部**開一槍，然後再向**跛牛胸部**開一槍。」

「沒錯，老師**橫伏**在跛牛身上，就是這個緣故。」

「你為甚麼看那些 案子的報道 ？難道你

認為跛牛案與它們有關？」華生問。

「我也不敢肯定，但一連串的**黑幫仇殺**同時發生，可能並非偶然，有必要了解一下。」福爾摩斯說，「因為，如果是同一個黑幫或兩個敵對的黑幫所為，那麼，這些案子可能涉及**清理門戶**，或者是**以牙還牙**式的互相報復。」

「那麼，你有甚麼發現嗎？」

「很可惜，報道說這些黑幫分子分別來自5個不同幫派，應該與清理門戶或互相報復沒有甚麼關係。不過——」

「不過甚麼？」

「不過，總覺得這5個死者和跛牛的**名字**都有點奇怪，但又看不出哪個地方有問題。你看看，能看得出有甚麼**異樣**嗎？」

Oliver Paar *
Harry Kabik
Jack Aabye
Jacob Eade
Ethan Rabel
Oscar Iacocca

*Oliver Paar（奧利弗・帕爾）、Harry Kabik（哈里・卡比克）、
Jack Aabye（傑克・奧比）、Jacob Eade（雅各布・伊德）、
Ethan Rabel（伊桑・拉帕爾）、Oscar Iacocca（奧斯卡・艾科卡／綽號跛牛）

說着，福爾摩斯把他抄下的名字遞上。

華生接過細看了一下，搖搖頭道：「沒甚麼異樣呀。」

就在這時，小兔子一反常態地躡手躡腳地走了進來。看來，他也明白華生的老師死了，現在不是搗蛋的時候。

「你來幹甚麼？我們很忙呀。」福爾摩斯板起臉孔說。

「我不會打擾你們，只是想借一本詞典罷了。」小兔子說。

「詞典？你又不識字，看詞典來幹嗎？」

「就是不識字才想學呀……」小兔子有點委屈似的說，「我剛才被愛麗絲取笑，說我連自己的名字都不會寫。」

「難得小兔子想學寫字，你就把詞典借給他吧。」華生說。

「**別把詞典弄髒啊！**」福爾摩斯隨手把桌上的一本小詞典拋了過去。

小兔子一手接住，高興地翻起來。可是，他翻了一下，卻又茫無頭緒地問：「我想找我的名字**Bunny**，該怎樣找？」

「甚麼？你連查詞典也不懂嗎？」福爾摩斯沒好氣地說，「詞典是按**a b c d e f g**等26個字母的順序排列，要找Bunny的話，就要翻到**b**的部分，再找b後面的**u**，如此類推找下去，就能找到了。」

「可是，B字怎麼寫？我不懂啊！」

「哎呀，你連26個字母也不懂得寫，又怎

會懂得查詞典啊。」福爾摩斯說，「改天我教你寫字母，學懂了，再學查詞典吧。」

「是嗎？太好了。不打擾你們啦，再見！」說完，小兔子丟下詞典，**興高采烈**地奔下樓去了。

「那搗蛋鬼，要教懂他26個字母看來也不容易呢。」福爾摩斯拿起詞典，正想把它放好之際，突然，他的手止住了，眼中更閃過一下**靈光**。

「怎麼了？」華生覺得奇怪。

福爾摩斯一把抓起那張**黑幫分子的名單**，仔細地再看一遍後不禁叫道：「**哎呀！**我實在太大意了。怎麼連這麼簡單的**特徵**也沒看出來呢！」

「甚麼意思？名單上有甚麼？」華生緊張地問。

「名單上顯示，這6宗兇案很可能互有關連，它們其實是一宗——『**連環殺人事件**』！」

死者的姓氏

「『連環殺人事件』?」華生大吃一驚,

「你的意思是,這6宗兇案都是同一個人幹出來

的?」

華生知道,所謂「**連環殺人事件**」,就

是一個兇手單獨地連續犯案,而被兇手殺死的

受害人都有共同的特徵。

　所謂受害人的 共同特徵 ，常見的是：

①他（她）們的年齡和性別相同，如年幼的女孩或男孩。

②他（她）們的職業相同，如妓女或警察。

③他（她）們的外表特徵相同，如衣服的顏色一樣，或頭髮的長度和顏色一樣，又或體型（肥胖／瘦削）近似等等。

　　華生沉思片刻，質疑道：「這張名單上的受害人都是 黑幫分子 ，可算是 職業相同 ，確實有『連環殺人事件』的氣味。可是，黑幫分子的 仇家 特別多，連續死幾個並不出奇啊。」

　　「你說得沒錯。」福爾摩斯說，「但是，除了他們的職業相同外，他們的 姓氏 也有相同特徵。這難道又是偶然嗎？」

「姓氏也有相同特徵？」華生把**名單**拿過來看了一下，搖搖頭說，「我實在看不出有甚麼相同的特徵？」

「你看不出也很正常，要不是剛才小兔子來借**詞典**，我也不會注意到它們的共通之處。」福爾摩斯說着，提起筆在名單上畫了一個又一個小圈圈。

Oliver Paar

Harry Kabik

Jack Aabye

Jacob Eade

Ethan Rabel

Oscar Iacocca

華生看着，不禁「**呀**」的一聲叫了出來。因為，被福爾摩斯圈出來的都是「a」，而且都是每個姓氏的**第2個字母**！

「怎會這麼巧合的？」華生摸不着頭腦。

「這不是巧合，是故意的。」福爾摩斯眼底閃過一下寒光，「兇手是專門挑選**姓氏**中第2

個字母是 **a** 的黑幫分子，然後才逐一把他們殺死的。」

「雖然連環殺人兇手大都是變態的，但這個兇手變態得有點過分吧？他怎會專門挑選姓氏中第2個字母是 **a** 的黑幫分子來殺呢？」華生感到不可思議。

「嘿嘿嘿……」福爾摩斯別有意味地笑道，「兇手要殺死這幾個黑幫分子，不是因為他們的姓氏上有個 **a** 字，而是因為字母的 **排列順序**。」

「字母的排列順序？」華生仍然不明白。

福爾摩斯拿起桌上的小詞典揚了揚，說：「秘密就在 **詞典** 裏。由於英文有

26個字母，所以詞典分成26個部分，按 **a b c d e f g** 的順序編排下去，最後的部分就是 **Z**。然後，每個部分的單詞的第2個字母，又按 **a b c d e f g** 的順序編排下去，最後也是 **Z**。如此類推，就能編排成一本詞典了。例如，要查『doctor』（醫生）這個單詞，先翻到詞典中 **d** 的部分，再按字母順序往下找，找出 **d** 後面的 **o**，然後再找出 **o** 後面的 **c**，如此類推，直至找出整個單詞『doctor』為止。」

d→do→doc→doct→docto→doctor

「這個我明白，但與那6個黑幫分子的姓氏有何關係？」

「還看不出來嗎？」福爾摩斯斜眼看了一下華生，「那6個黑幫分子姓氏的第1個字母都不

同，它們分別是 P、K、A、E、R、I，但第 2 個字母都一樣，全部都是 a。這表明，兇手的手上有一份**名單**，上面寫滿了黑幫分子的名字，而且就像詞典那樣，是**按字母的順序排出先後次序**。」

「兇手有一份寫滿了黑幫分子的名單？」華生赫然。

「對。」福爾摩斯領首道，「兇手因為某種緣故，要找出姓氏的第 1 個字母是 P、K、A、E、R、I 的人，但對兇手來說這些人是誰並不重要，只要他們分別排在名單的**最前列**就行了。所以，兇手選出來的人，其姓氏的第 2 個字母全都是 a。」

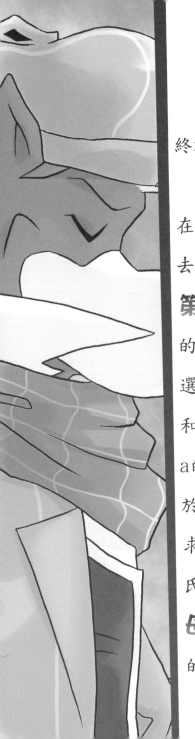

「啊……」華生終於開始明白了。

「接着，兇手在名單中再找下去，如果姓氏中的**第3個字母**是a的話，就會馬上被選中。不過，第2和第3個字母都是a的姓氏並不多。於是，兇手退而求其次，尋找姓氏的**第3個字母**是b、c、d的黑幫分子。最

後，他找出了6個人。」

華生連忙拿起那張名單，再次仔細地檢視了一下。果然，6個姓氏的第3個字母，不是 **a**、**b**、**c**，就是 **d**！

第2個字母　　第3個字母

P→Pa→Paa→Paar
K→Ka→Kab→Kabi→Kabik
A→Aa→Aab→Aaby→Aabye
E→Ea→Ead→Eade
R→Ra→Rab→Rabe→Rabel
I→Ia→Iac→Iaco→Iacoc→Iacocc→Iacocca

「如果你同意我的分析，那麼，現在我們必須破解以下三個疑問：

①兇手殺人的**動機**何在？

②兇手手上的那份黑幫分子**名單**，究竟從何而來？

③兇手為甚麼要選出姓氏的第1個字母是 **P**、

K、A、E、R、I的黑幫分子？換句話說，這6個字母有何**特殊含意**？」

兇手

憎恨

黑幫分子

「兇手的殺人動機比較容易推測。」華生想了一想說，「由於被殺的都是黑幫分子，兇手應該是一個非常**憎恨**黑幫分子的人。就如有些人非常憎恨警察，就會專門挑選警察來攻擊。」

「這個分析頗有道理，我的想法也一樣。」福爾摩斯說，「接著，我們就要找出疑問②和

疑問③的答案。」

「疑問②嗎？答案也不難推測啊。一定是來自**黑幫高層**和**警察**，他們手上都應該有

一份黑幫分子的**名單**。不過，疑問③最棘手，我實在想不出那6個字母有何**特殊含意**。」華生說。

「是的……」福爾摩斯沉思片刻後說，「不過，現在雖然無法知道那些字母的含意，但有一點可以肯定的是，**兇手是有意識地把它們挑出來的**。」說着，他在一張紙上按順序寫下26個字母，並圈起了P、K、A、E、R、I。

Ⓐ B C Ⓓ Ⓔ F G H Ⓘ J Ⓚ L M

N O Ⓟ Ⓠ Ⓡ S T U V W X Y Z

「看！」福爾摩斯指着字母說，「如果兇手只是想挑選名單中排在最前的人，

P、K、A、E、R、I = 1個單詞

他為何在 **A** 之後跳過 **B**、**C**、**D**？在 **E** 之後跳過 **F**、**G**、**H**？在 **I** 之後跳過 **J**？在 **K** 之後跳過 **L**、**M**、**N**、**O**？在 **P** 之後又跳過 **Q** 呢？」

「唔……確實有點古怪。」華生說。

「所以，我估計那6個字母組合起來後，可能是一個**單詞**。」

「一個單詞？甚麼意思？」

「那個單詞可能是一個**人名**，也可能是一

個 **地名**，總之對兇手來說是有 **特殊意義** 的單詞。」

「啊！」華生看到了破案的曙光。他馬上裁剪出6張字母卡，他把Ｐ、Ｋ、Ａ、Ｅ、Ｒ、Ｉ的次序調來調去，嘗試拼出一個有意思的單詞，可是他 **拼來拼去** 也拼不出一個頭緒。

「看來一時之間也不能拼出一個答案，你暫且擱下吧。」福爾摩斯提議，「而且，我還要到兩個黑幫分子被殺的 **兇案現場** 去看看。」

「為何要看兇案現場？」

「你剛才去貧民醫院調查 **赤熊老師** 的出診地點時，我返回警察局的停屍間看了一下驗屍報告，發現除跛牛中了兩槍之外，其餘5個黑

只有3具屍體身上留有彈頭

幫分子都是被射中心臟一槍斃命，但只有3具屍體的身上留下了彈頭。」福爾摩斯說，「就是說，其餘兩人被殺時，彈頭貫穿了他們的身體，不知射到甚麼地方去了。」

「啊，難道你想去找那兩顆彈頭？」華生問。

「對。」福爾摩斯點點頭，「因為連跛牛中的那兩槍在內，在屍體身上找到的彈頭都是不同的，這顯示兇手每次殺人都用不同的槍。如果能在兇案現場找回那兩顆彈頭，證明它們與其他彈頭也不一樣的話，我幾乎可以肯定，犯案者不是一般的連環殺人兇手，而是專

業的連環殺手！」

「為甚麼這樣說？」

「因為槍支得來不易，一般的連環殺人兇手沒必要掩飾『連環殺人』這個行為，所以大都會用同一枝槍行兇。」福爾摩斯分析，「但專業的連環殺手卻不一樣，他們雖然也是『連環殺人』，但為了逃避追捕，令警方以為只是一般的黑幫仇殺，所以每次都會使用不同的槍。在跛牛一案中，由於用上了兩枝槍，曾令我懷疑是兩個殺手一起作案，但現在看來，殺手應該只有一個，他用兩枝槍只是故佈疑陣，令我們以為是

一般的連環殺人兇手用同一枝槍。

專業的連環殺手用不同的槍。

黑幫仇殺，以便掩飾連環殺手的身份。」

「明白了。」華生說，「但是，你有把握在兇案現場找到彈頭嗎？」

「不敢說有百分百的把握，但我檢查過那兩具沒有留下彈頭的屍體，他們分別是卡比克和伊德*。卡比克是左前胸中槍，彈頭穿過心臟，從左腰背射出；伊德則是左腰背中槍，彈頭也穿過心臟，從左前胸射出。」

華生馬上明白，彈頭進出的位置形成一條斜線，這證明兇手是從高處射殺卡比克，反之，伊德則是被兇手從低處射殺。

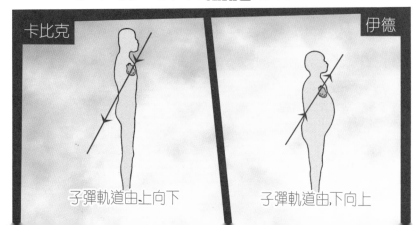

卡比克　　　　　　　　　　　　　　伊德

子彈軌道由上向下　　　　　子彈軌道由下向上

「所以，只要循彈頭射出的**軌道**去找，我們或許能找到那兩顆彈頭。」

福爾摩斯沒料到，兇案現場竟然留下了比彈頭更重要的線索，讓他往兇手又逼近了一步！

空屋與橋墩

　　兩人叫了輛馬車，半個小時後，已來到卡比

克被殺的兇案現場。那兒是一道橫跨一條小河

上的**拱橋**，橋的兩旁都有幾層高的房子，卡比克就是倒在橋上斃命的，橋上還留下了警方繪畫伏屍位置的**粉筆痕跡**。

華生低着頭，在橋上來來回回走了幾次，最後搖搖頭說：「沒有**彈頭**呢。」

「嘿嘿嘿，

如果彈頭打在木橋上的話，笨如李大猩也會看到呀。」福爾摩斯轉過身，指着**橋下**說，「我估計彈頭**穿過**卡比克的身體後，已射到河裏去，他們懶得下去找，才沒有發現而已。」

華生往橋下看去，發現河水已**乾涸**，河床都露出來了。

「幸好沒有水，待我下去看看吧。」說着，大偵探已沿着橋旁的石梯，走到橋下的**河床**中。

「河床**軟乎乎**的，彈頭射下來的話，一定會射到泥裏去。」福爾摩斯用力地踏了一下河床的泥土，然後蹲下來細看。華生也不敢怠

慢，馬上走下來一起搜索。

找了大約20分鐘，福爾摩斯忽然說：

「哈！找到了。」

華生連忙湊過去看，只見大偵探已掏出小

刀，在泥中把一顆彈頭挖了出來。

「怎樣？和其他**彈頭**一樣嗎？」華生緊張

地問。

「哎呀，肉眼又怎能分辨，

要拿去給警方用**顯微鏡**檢驗才

行啊。」說完，福爾摩斯站在

泥地的彈孔旁，抬頭往橋上看

去。

「你看甚麼？」華生好奇地問。

「兇手開槍的位置。」福爾摩斯說着，

指向在橋的左端的一棟2層高樓房，「從泥地裏

的彈道斜度看來，兇手開槍的地方應該是在那棟樓房的2樓。」

「啊！」雖然兇手不可能還在那裏，但華生也不禁心中一凜。

「我們上去看看。」

不一刻，兩人已登上陰暗的樓梯。從樓房的殘舊程度看來，華生心中估計，這是一棟日久失修、已沒有人住的舊樓。

兩人走進了目標的房間。但房間內空蕩蕩的，牆壁上有些地方甚至已發霉了，窗戶的玻璃也殘缺不全。

福爾摩斯走近窗前，看着下面說：「從彈道的斜度看，兇手是從這個窗戶向下開槍，把卡比克射殺的。」

華生也走到窗前，探頭往下看了一下：「這麼說來，兇手一定事先調查過卡比克的**生活習慣**，才懂得在這裏伏擊。」

「很難說，也可能是兇手約他在橋上見面，然後躲在這裏向他施襲。」說完，福爾摩斯低着頭，在房間內**來來回回**地走來走去。

「沒有煙屁股……地板上的灰塵被掃過……鞋印被抹去了……」福爾摩斯皺着眉頭說，「兇手非常**專業**，與我先前的分析一樣。」

「甚麼線索也找不到，看來是白跑一趟了。」華生有點泄氣。

就在這時，一隻**蝴蝶**忽然從窗外飛了進來。

「唔？好漂亮的彩蝶呢。」福爾摩斯抬起頭來，追蹤着蝴蝶的去向，突然，

他的視線在空中剎停，並盯着窗戶的右上方。

「**怎麼了？**」

華生感到奇怪，他循老搭檔的視線看去，只見窗戶右上方的牆壁上，有一塊長滿了霉菌的**污跡**。

福爾摩斯沒有回答，只是走到牆下，舉高手上的放大鏡，**小心翼翼**地檢視着比他高出半呎的那一塊**霉跡**。

「奇怪……這裏有一道**刮痕**，好像被甚麼東西劃了一下。」福爾摩斯自言自語地說。

華生連忙走過去看。果然，在放大鏡下，可以清楚地看到一道長約**1吋**的刮痕，劃在牆上那塊**霉跡**上。

「會不會是早已存在的刮痕？」華生問。

「不。」福爾摩斯一口否定，「如果刮痕早已存在，旁邊的霉菌一定會**蔓延**過來把它覆蓋了。這道刮痕很新，看來被刮了不到一兩個星期，與卡比克被殺的日期吻合。」

「啊！這麼說的話，一定是兇手留下的了。」華生說，「但兇手為何要在這麼**高**的地方留下**刮痕**呢？實在叫人摸不着頭腦。」

「雖然未知兇手的**用意**，但總算找到了一點線索。」福爾摩斯說，「趁入黑之前，去下一個兇案現場看看吧，反正距離這裏不遠。」

兩人又叫了輛馬車，花了十多分鐘，去到**伊德**被殺的兇案現場。

　　那兒有一條**石橋**，橋的兩旁都種滿了樹，景色相當優美，沒人會想到這裏竟會發生兇殺案。據警方資料顯示，死者伊德也是在**橋上**中槍身亡的。

　　福爾摩斯和華生在石橋上看了一下，沒有甚麼發現，就一起走到**橋下**搜查。

　　福爾摩斯抬頭看着石橋說：「伊德的中槍位置是左腰背，而彈頭則從其左前胸射出。所以兇手必定是站在橋下**向上開槍**，才會造成那種斜線形的槍傷。但橋上有石欄阻擋，兇手仍能一槍把伊德打死，可見他的**槍法奇準**，如非專業殺手很難做到。」

　　「兇手真的這麼厲害嗎？」華生質疑，「跛

牛是中了**兩槍**才被打死的啊。」

「嘿嘿嘿，別忘記跛牛的右腿短了2吋啊。」福爾摩斯狡點地笑道，「他走路時必定一拐一拐的**顛簸不定**，兇手開槍時沒計算這一點，所以第一槍才打**歪**的。」

「啊！」華生恍然大悟。

這時，福爾摩斯已走到長滿了**青苔**的橋墩前細看，不一刻，他笑道：「哈！又給我找到另一道**刮痕**了。」

華生連忙走過去看，果然，比福爾摩斯的頭頂高出半吋的位置上，有一道長約1吋的**刮痕**。而且，刮痕看來尚新。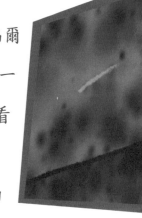

「看來，這道刮痕跟剛才空屋的那道一樣，也是兇手留下的。」福爾摩斯說。

「這個兇手真有點古怪，為何要在自己的**頭頂**留下刮痕呢。」華生**百思不得其解**。

「別擔心，只要再掌握多一點線索，這個謎團必定會被解開的。」福爾摩斯說，「現在去找那顆失蹤的**彈頭**吧。」

說完，他已逕自穿過橋底，走進樹林中。華生連忙跟上，他不用問也知道，如果兇手在橋下開槍，子彈**穿**過伊德的身體後必會**越**過橋身，掉到對面的樹林去。

　　果然，找了個多小時後，福爾摩斯興奮地大叫：「哈哈，真幸運，居然讓我找到了！」

　　兩人把兩顆彈頭送到蘇格蘭場的化驗所時，已是晚上8時多，化驗結果要到第2天早上才能弄出來，他們只好回家睡覺去。

檔案管理室

一宿無話，當兩人正要出門去時，昨天來找他們調查「**燒毀電影拷貝**」一案的製片商**里爾**又找上門來了。但調查連環殺人兇案要緊，福爾摩斯只好敷衍他一下，匆匆看了看他交來的拍攝資料，知道拍攝地點是帕丁頓火車站，拍攝日期是**4月19日早上6點至下午3點**，就把他打發走了。

接着，兩人又*行色匆匆*地趕到蘇格蘭場。果然不出所料，化驗結果顯示，那兩顆彈頭與其他遇害者的彈頭都不一樣，看來兇手真的是一個

專業殺手，每次行動都會用不同的槍。

這時，李大猩和狐格森剛好也上班了。福爾摩斯把發現彈頭的經過、牆壁和橋墩上的**刮痕**和對黑幫分子**姓氏**的分析一一告知。

聽完福爾摩斯的說明後，李大猩臉色一沉，悻悻然道：「昨晚又有一個**黑幫分子**被槍殺

了，而且也是一槍射中心臟斃命。」

「甚麼？又一個？」福爾摩斯大吃一驚，「難怪華生用6個字母拼不出一個單詞，原來兇手還未完成他的殺人計劃。」

「昨晚被殺的黑幫分子姓甚麼？」華生急問。

「他叫查利·塔布*！」李大猩答。

黑幫分子的名單

第2個字母　第3個字母

P→Pa→Paa→Paar
K→Ka→Kab→Kabi→Kabik
A→Aa→Aab→Aaby→Aabye
E→Ea→Ead→Eade
R→Ra→Rab→Rabe→Rabel
I →Ia→Iac→Iaco→Iacoc→Iacocc→Iacocca
T→Ta→Tab→Tabb

*查利·塔布的英文寫法是 Charlie Tabb。

「塔布的串法是Tabb吧？它的第2個字母是a，而第3個字母是b！」華生大驚，「完全符合福爾摩斯的分析！」

華生的腦海中已把Tabb的姓氏加在那張黑幫分子的名單上，他馬上從口袋中掏出6張字母卡，又撕下記事本的一頁寫上T，製作出第7張字母卡，並在桌子上拼起卡來。

福爾摩斯三人聚精會神地看着。可是花了半個小時，華生只是拼出了一個有點眼熟的**詞尾TEIA**，未能拼出一個有意思的單詞。

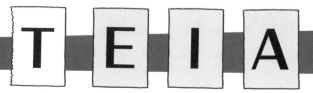

「TEIA嗎？這個詞尾在源自**希臘語**的單詞中很常見呢。」福爾摩斯說，「不過，或許兇手仍未完成計劃，如果他還有**第8**或**第9**個黑幫分子要殺，我們現在怎樣拼字母，也不能拼出一個準確的答案來。」

福爾摩斯一頓，轉向李大猩和狐格森說：「我懷疑兇手有一份黑幫分子的**名單**，而這份名單很可能是來自**黑幫高層**或**警方**。」

「唔……」李大猩托着腮子沉思片刻，「也

有道理，平民百姓不可能有這種名單。但是，我當差多年，也從沒見過這種名單啊。」

「**檔案室**中儲存了很多黑幫分子的資料，或許有這種名單也說不定呢。」狐格森提議，「不如我們去看看吧。」

檔案室在地庫中，4人下了樓梯，走進散發着一陣**霉氣**、堆滿了**檔案**的房間。

「好多資料呢。」華生驚歎。

「是啊，這裏儲存了數十年來的**犯罪檔案**，花一年時間也未必能看得完。」狐格森說着，領着眾人穿過兩排資料架，再拐了個彎，向檔案室的角落走去。

闖進眾人視界的是一張堆滿了**書籍**的桌子，一個滿面鬍鬚、架着圓眼鏡的**矮個子**正

在埋頭整理着資料。華生看到，他的身後還有
個大書架，架上放滿了各式各樣的書籍。

可能聽到有人走近吧，矮個子抬起頭來，睜
着眼睛說：「啊，還以為是誰，原來是狐格森
和李大猩探員，來找檔案嗎？」

這個矮個子名叫**加雷**，是檔案室的主管，他出名記憶力好，只要你能說出罪犯的名字，他馬上就能把那個罪犯的檔案找出來。

狐格森搖搖頭說：「不，我們只想找一份黑幫分子的**名單**罷了。不過，那份名單必須是按姓氏字母的順序來排列的。」

加雷歪着腦袋想了想，說：「這裏可沒有這種名單啊，我們都是以**案發日期**來排列順序的。」

「真的嗎？」福爾摩斯有點失望。

「如果這裏也沒有的話，其他部門就更不可能有了。」狐格森轉過頭來向福爾摩斯說。

「哼！這麼看來，名單一定是來自**黑幫高層**，我們去抓幾個回來問話吧！」急躁的李大

猩說完就走。福爾摩斯三人連忙跟上。可是，當他們剛步出檔案室的門口，一個腋下夾着文件夾的**彪形大漢**突然攔在前面，把他們嚇了一跳。

「**黑熬斯**,他們是來查閱檔案的,別堵着門口,快讓路。」在4人身後的加雷連忙叫道。

彪形大漢呆呆地看了看眾人,然後才挪開一步,讓出一條路來。

爬上樓梯後,福爾摩斯拉住狐格森和李大猩問道:「那個黑熬斯是誰?怎麼以前沒見過他?」

「他是兩個月前才調來的 **檔案管理員**,因為加雷先生一個星期後就要退休了,必須有人接手。」狐格森答道。

「讓他當檔案管理員好像有點浪費呢。」華生說,「看他那個身形,當**巡警**最好,壞人看見他必會雙腿**發抖**。」

「你說得對。他在3個月前還在市郊當巡

警，但追捕罪犯時常常出手過重，早前執行任務時不但撞傷了3個途人，更錯手把一個**無辜**的市民毆傷入院。」狐格森說，「本來是要被**撤職**的，幸好上司為他求情，才罰**停職**一個月。但上司怕他又闖禍，就把他調到檔案室工作。」

「你肯定他在檔案室只工作了**兩個月**嗎？」

「是呀。」

「那幾宗連環兇殺案，也是在這**兩個月**內發生的吧？」

「甚麼意思？難道你懷疑他？他可是警察啊！」

 「對，他雖然有點魯莽，但身為警察，絕不會隨便殺人！」

 「他的槍法如何？」

 「他是個**神槍手**，曾在警隊的射擊比賽中拿了第3名。」

 「啊！」

 「是神槍手又怎樣？不能單憑這點就懷疑一個警察呀！」

 「他抽煙嗎？」

 「他有**抽煙**。抽煙也算罪行嗎？總不會成為疑點吧？」

「**不！** 這正是疑點之一。」福爾摩斯大手

一揮，指着旁邊的牆壁說，「**看看這裏。**」

「**啊！**」

華生這才注意到，在高於福爾摩斯頭頂半呎左右的位置上，有很多道約1吋長的**刮痕**。

「這是**擦火柴**時留下的印記。」福爾摩斯說，「我在兇案現場看到那兩道刮痕時，並沒想到與擦火柴有關。因為，一般成年人的身高多是5呎多至6呎多高，不會在**6呎半**的位置上擦火柴。不過，換了是**7呎半**高的黑槩斯的話，就很有可能了。」

「我明白了。」華生說，「所以，你特別注意6呎半高的位置，看看有沒有留下**擦火柴的印記**？」

「對，地庫儲存了大量檔案資料，標明**不准抽煙**。」福爾摩斯說，「黑獒斯要抽的話，必須走上來這裏才能擦一根火柴，抽一口煙。所以，這裏留下了很多道**刮痕**。」

「怎可能……？一個警察怎會變成連環殺人兇手？」李大猩仍然**不敢置信**。

「不過……」狐格森想了想說，「我曾聽說過，黑獒斯的父親是給黑幫殺死的，所以他非常痛恨**黑幫分子**，會不會是因為這樣……」

「我們不能**一口咬定**他就是兇手，但以下3個疑點，不得不把他列為疑犯之一。」福爾摩斯說。

① **時間吻合**：7宗黑幫分子被殺案，全都在黑獒斯當了檔案室管理員後才發生。就是說，他在這段時間內，可以整理出一份黑幫分子的名單。

② **高度吻合**：只有身高7呎半的人，才會在6呎半高的地方留下擦火柴的刮痕。

③ **槍法吻合**：兇手是個神槍手，黑獒斯也是個神槍手。

「不過，**身高**和**槍法**並不是實質證據，只有證明兇案現場和剛才門旁的**火柴刮痕**是他留下的，我們才能把他抓來問話。」福爾摩斯說，「畢竟他是你們的同僚，如果搞錯了，會給你們帶來很大麻煩。」

「是的。」狐格森點點頭，「那麼我們上2樓去吧，從**2樓的**<u>走廊</u>可以看到這道門。兩個小時後是**午膳時間**，如果他出來時在門旁擦火柴的話，就馬上把他抓去問話。」

黑獒斯的口供

兩個小時後，黑獒斯果然走出來了，他停了下來往前後看了看，然後從口袋中取出一個**盒子**。

「**是煙盒！**」李大猩低聲說。

狐格森和華生都不禁緊張起來，死盯着黑獒斯的下個動作。可是，黑獒斯只是低頭想了想，就把煙盒子塞回口袋中，然後跨開大步往走廊的另一頭走去。

「他沒有**擦火柴**啊，難道不是他？」狐格森說。

「不，看樣子他想**抽煙**，只是不知道為何突然改變主意罷了。」福爾摩斯說。

「有道理。」李大猩同意，「愛抽煙的人每隔一段時間就會**煙癮發作**，不抽也不行。來，我們跟蹤他看看。」

說完，4人連忙下樓去。他們看到黑獒斯正要步出大門，看來是要到外面吃午飯去，於是遠遠地跟在後面。

走出大門後，黑獒斯在行人道上走了幾十碼，然後在一條**電燈柱**旁停下

來，看樣子是想過馬路。可是，一輛載滿了乘客的**雙層馬車**剛好開到他的面前停下，阻擋了他的去路。就在這時，黑獒斯又掏出了**煙盒子**，並熟練地取出一枝香煙放到唇邊，又取出一根火柴，在電燈柱上輕輕一**劃**，點着了叼在唇邊的香煙。

「啊！」華生心中暗叫，「火柴劃在電燈柱的高度，不是正好與兇案現場那兩道**刮痕的高度**差不多嗎？」

「果然是他！」李大猩話音剛落，已一個箭步**躍出**，往黑獒斯衝去。狐格森見狀也不敢怠慢，迅即奮力跟上。

「**黑獒斯！站住！**」李大猩衝近後怒喝。

黑獒斯猛地回過頭來，他先是一怔，但隨即**目露兇光**，一拳就把衝近的李大猩打得**人仰馬翻**。接着，他再出一拳，把從後奔至的狐格森也打得**四腿朝天**。

當黑犬斯正想向兩人進一步攻擊時，一個黑影突然從旁躍出，華生定睛一看，啊！那不是福爾摩斯嗎？未待黑犬斯反應過來，福爾摩斯已躍起往電燈柱一蹬，再借力凌空彈起，仿如一隻老鷹般撲向黑犬斯！

　　「啊！」華生驚叫未起，福爾摩斯揮出的

手刀已在黑獒斯的脖子上一閃而過。

「**哎！**」的一下悶聲響起，黑獒斯的上身晃了晃，又**跟跟蹌蹌**地退後了幾步，然後「**噠**」的一聲倒在地上，昏過去了。

趴在地上的李大猩和狐格森見**機不可失**，馬上一個翻身撲前，掏出手銬把黑獒斯的雙手銬住。

「我沒殺人，那幾個黑幫分子不是我殺的。」在審訊室中，黑獒斯一口否認。

「你沒殺人的話，為甚麼**拒捕**？」李大猩怒問。

「我見你們**來勢洶洶**，怎知道你們想幹甚

麼，當然是**先發制人**！」黑獒斯反駁。

「哼！還想狡辯嗎？你看這是甚麼？」狐格森把一張紙擲在桌上。

黑獒斯看了看那張紙，疑惑地問：「甚麼意思？」

「**還裝傻！**」李大猩大罵，「把你押來這裏之後，我們已去你家中搜過了。**名單**是在你家裏找到的！」

「對！上面寫着的那些名字，就是你殺死的**黑幫分子**！」狐格森眼看李大猩罵得那麼痛快，惟恐吃虧似的也提高聲量喝道。

「你們別**含血噴人**！那張名單不是我的，我為甚麼要殺死他們？」

「因為你最痛恨黑幫分子，所以行**私刑**把

他們殺死！」

「**哼！** 我雖然痛恨黑幫分子，有機會也想痛毆他們一頓，但絕不會因此殺人！」

一直在旁靜觀的福爾摩斯，冷冷地問道：「那麼，在4月11日、18日、25日，和5月2日、16日、23日、24日這7天的晚上**9時至12時**，你在甚麼地方？」

「哼，還會在甚麼地方，當然是在家中啦。」黑獒斯輕蔑地往福爾摩斯瞥了一眼，「我晚上從不外出，最喜歡就是**早睡早起**。」

「有人證明你在家中嗎？」福爾摩斯問。

「我一個人**單獨居住**，找誰證明？」

「嘿嘿嘿，這麼說的話，就是沒有人能證明啦！」李大猩道。

「沒人證明又怎樣？你能證明我殺人嗎？」

黑獒斯說到這裏，突然想起甚麼似的，「對了，**4月18日**那一天是**星期天**，我去了**曼徹斯特**出席朋友的葬禮，當天晚上我乘**夜行火車**回來，在4月19日早上7點左右才回到**帕丁頓火車站**，然後就直接來上班了。」

「出席葬禮？」福爾摩斯問。

「是呀，葬禮有很多人，他們都能證明啊。」

「葬禮幾點鐘完結？」

「中午12點就完結了。」

「你之後去了甚麼地方？」

「我獨自在曼徹斯特的市內到處逛，然後再

乘**深夜列車**回來。」

「嘿嘿嘿，果然懂得編故事。」李大猩冷笑了一下，突然大喝，「曼徹斯特距離倫敦只有7個小時的車程，你**中午12點**出席完葬禮後，只要馬上去乘火車，**晚上8點**前就能趕回來！你有足夠時間殺人！」

「不，我沒編故事，我乘搭的確實是深夜火車！」

「火車上有沒有其他乘客？」福爾摩斯問。

「深夜列車很少乘客，我那一節車廂**空蕩蕩**的，沒碰到人。」

「你看，簡直就是在**編故事**嘛！說來說去，都是沒有人能證明！」李大猩大聲道。

「**啊！對了……！**」黑獒斯猛地抬起頭來說，「4月19日的早上，當我在**帕丁頓**下

車時，看到有人在火車站內**拍電影**。」

「甚麼？」福爾摩斯訝然。

他想了一下，把李大猩等人拉到一旁低聲說：「昨天有個名叫里爾的電影發行商來找我，說他在帕丁頓火車站拍了套《**火車到站**》的電影，拍攝時間正是 **4月19日** 的 **早上6點** 至 **下午3點**。」

「啊！」華生頓時想起，「可是，他說那些影片的**拷貝**都被人放火燒毀了。」

「有這樣的事？」李大猩和狐格森都感到意外。

「唔……」福爾摩斯沉思片刻，「此案比想像中複雜得多，先把黑奘斯扣留下來，我們去找里爾確認一下。」

火車到站

一個小時後，福爾摩斯四人匆匆去到**里爾**的辦公室。

聽完福爾摩斯的說明後，里爾歪着腦袋說：「想起來，確實好像有個**大個子**在火車到站後下車，並在攝影機的不遠處走過。」

「你認得他的樣貌嗎？」李大猩緊張地問。

「樣貌嗎？」里爾想了想，「我們忙於拍攝，沒注意看啊，不過我們肯定拍到他。要是影片沒被**燒毀**的話，看一看就知道他是否你們要找的人了。」

「對，要是影片沒被燒毀就好了——」福爾摩斯說到這裏，突然眼前一亮，「我知道所有

影片都要送一個**拷貝**到政府的**版權註冊處**存檔，你有沒有送去？」

「有呀。」里爾說，「但版權註冊處說菲林**易燃**，要我們把每格菲林的影像印在**相紙**上，然後才送過去存檔。我的影片1秒拍24格

菲林，經剪輯後片長只有半小時，但也印了好多好多張相紙啊。」

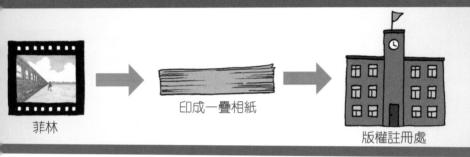

菲林

印成一疊相紙

版權註冊處

「啊！即是說，**《火車到站》的每一格菲林已被印在相紙上**，送去了版權註冊處？」福爾摩斯緊張地問。

「是啊。」里爾說。

「太好了！只要找到那些印在相紙上的**影像**，或許就能看到黑奘斯是否在影片中了。」福爾摩斯大喜。

果然，他們在版權註冊處找到了一大箱印成相紙的《火車到站》，並在 **相紙** 上發現一個身

形和黑獒斯相似的人。可惜的是，那個人在相

紙上非常**細小**，難以分辨他的樣貌。

「看不清樣貌，這疊相紙不能成為證據呢。」華生說。

「不，雖然樣貌不清，但每個人都有特定的走路姿態，只要相紙中的影像動起來，憑相中人的走路姿態，就可確認他是否黑熱斯了。」

「哎呀！別開玩笑了，你懂得變魔法嗎？相紙上的影像又怎會動起來？」李大猩沒好氣地說。

「嘿嘿嘿，逐張相紙看當然不會動，但只要把它們一格一格地按順序 重拍 到菲林上，再以放映機 放映 的話，影像就會動起來了。」

重拍到
菲林上→

再以放映機
放映→

「啊！我怎會這麼笨，沒想到這一點。」里爾醒悟，「福爾摩斯先生說得對，只要把相紙上的 影像 逐格拍下來，影像的質素雖然會差一點，但也可以把影片 復原 ！」

說完，里爾馬上把那疊相紙版《火車到站》借回製片廠，花了一天時間復原了黑獒斯下車走過的 片段 。

在里爾的陪同下，福爾摩斯等人在放映室中看了影片，從走路的姿態看，毫無疑問，那個下火車的人正是黑獒斯。此外，狐格森也到鐵路局確認了，當晚從**曼徹斯特**開往**倫敦**的火車沿途沒有停站，這證明黑獒斯確實是在曼徹斯特上車。就是說，兇案發生時，他還在曼徹斯特。

「哎呀，還以為抓到兇手，原來黑獒斯當晚根本不在倫敦。」李大猩煩惱得拼命抓頭，「但那張在他家中搜到的**名單**，又怎樣解釋啊？」

「這麼看來，是有人**插贓嫁禍──**」福爾摩斯說到這裏突然打住，「不！插贓嫁禍不是兇手的目的，正確來說，兇手是企圖**轉移視線**。」

「轉移視線？甚麼意思？」李大猩問。

「早前我不是分析過嗎？兇手是以黑幫分子姓氏的**字母順序**來挑選行兇對象，他的連環殺人是經過精心策劃的，如果僅是為了以插贓嫁禍的手段來謀害黑獒斯，沒有必要如此**大費周**

章。」福爾摩斯說,「看來,兇手是個非常謹慎的人,他是為了 **以防萬一** ,故意在兇案現場留下刮痕線索,當警方追蹤而至時,就把黑獒斯當作 **代罪羔羊** ,以便他自己安然脫身。」

「哎呀,你分析得天花亂墜也沒用呀,我們不仍是 **毫無頭緒** 嗎?」李大猩抱怨。

「不,我們已非常接近兇手了。」福爾摩斯兩眼閃過一下凌厲的光芒,「因為,我們已知道兇手有以下 **特徵** !」

①兇手一定認識黑獒斯,並知道他的背景和生活習慣。

②兇手有辦法接觸到黑幫分子的檔案,並整理出暗殺的名單。

「啊……」李大猩和狐格森想了想，**不約而同**地瞪大眼睛說，「符合這兩個條件的，不就是快要退休的**加雷**嗎？」

「沒錯。」福爾摩斯說，「而且，加雷一定在戲院中看過《火車到站》，並在片中發現黑爨斯下車的片段，所以燒毀菲林的人也是他。因為，這個片段就是**證據**，足以證明黑爨斯的清白。」

「原來如此。」華生等人恍然大悟。

「不過，有一點我想不通。」福爾摩斯說，「片中並沒有顯示**拍攝日期**，加雷又如何知道影片攝於 **4月19日** 呢？」

「拍攝日期嗎？」一直沒機會插嘴的里爾連忙道，「那個叫加雷的人，可能看過在戲院派發的**宣傳單張**，上面有介紹《火車到站》的

拍攝日期和地點。」

「是嗎？」福爾摩斯嘴角一翹，狡黠地笑道，「嘿嘿嘿，那麼我的推論全對上了。加雷一定是看了影片和宣傳單張，再根據片中火車頭的號碼，查悉該班火車抵達倫敦的時間，知道黑鼗斯擁有不在犯案現場的證據。於是，他就悄悄潛進公映這部影片的戲院，把所有拷貝逐一燒毀。」

「豈有此理！」李大猩怒不可遏，「身為警務人員，竟然到處殺人，連路過的赤熊醫生也不放過，又把罪名轉嫁到同袍身上，加雷這傢伙實在罪該萬死！我們馬上去拘捕他。」

「且慢！」福爾摩斯連忙阻止，「剛才說的都是推理，我們一丁點實質證據也沒有，憑甚麼拘捕他？」

「難道已到嘴邊的也不吃嗎？」李大猩
反問。

「不，這塊肉一定要吃，但仍未到**大快朵頤**的時候。」福爾摩斯說。

「那該怎麼辦？」狐格森問。

「嘿嘿嘿，就來一招**以其人之道還治其人之身**吧！」福爾摩斯冷笑道，「加雷佈下迷局轉移視線，讓我們把黑獒斯拘捕了。我們就來個**順水推舟**，在蘇格蘭場內發放假消息，說已有足夠證據起訴黑獒斯，令所有人的視線都集中在這個**替死鬼**身上。這麼一來，加雷就會以為奸計得逞而疏於防犯，讓我們可以**不動聲色**地搜集他的犯案證據！」

姓氏的密碼

當晚，在局長的秘密許可下，李大猩和狐格森待加雷下班後，與福爾摩斯和華生一起，悄悄地潛進了蘇格蘭場地庫的**檔案管理室**。

「我們要找甚麼？」華生問。

「首先要找一份**黑幫分子的名單**，此外就是一切可疑的東西。」福爾摩斯說，「但大

家要小心一點，所有碰過的東西都要放回原來的位置上，以免打草驚蛇。」說完，福爾摩斯已用百合匙打開了加雷的抽屜，小心翼翼地搜查裏面的東西。

華生3人見狀，都打醒十二分精神，戰戰兢兢地分頭搜索起來。可是，他們3個人搜了兩個多小時，不要說黑幫分子的名單，連一點

可疑的東西也找不到。

「一丁點線索也沒有啊。」狐格森有點泄氣地說，「這次我們看來是白費心機了。」

「是啊，忙了兩個多小時，累死我了——」李大猩打了一個大呵欠，正想發牢騷時，卻看見我們的大偵探坐在辦公椅上，全神貫注地看着一本攤開在桌上的書。

「**哎呀！**杜我們搜索得那麼辛苦，你卻一個人在看書，實在太過分了！」李大猩生氣地說。

「**噓！**先別吵。」福爾摩斯舉手制止李大猩，但視線仍在那本書的頁面上快速遊走。

「啊，難道你有發現？」華生緊張地問。

福爾摩斯沒有回答，他剛好看完一頁，「**刷**」的一下，又翻到下一頁去。

華生3人知道大偵探一定已有所發現，只好**屏息靜氣**地看着他，不敢再哼一聲。

不一刻，福爾摩斯看完眼下那一頁後，終於端正了坐姿，狡點地笑道：「嘿嘿嘿……終於給我找到了。」

「**找到了？**找到甚麼？」李大猩問。

「找到了**那7個英文字母的意思**。」

「啊！」華生吃了一驚，連忙從口袋中掏出那7張英文字母

卡，問道：「你是指這7個字母？」

「沒錯，就是那些黑幫分子的**姓氏的頭一個字母**。」福爾摩斯說，「我們之前分析過，其中4個字母，可以組成希臘語中常見的詞尾TEIA。我剛才發現桌上有兩三本關於希臘和**斯巴達***的書，覺得可能與TEIA有關，就拿來仔細翻閱。嘿嘿嘿，果然不出所料……」

「即是怎樣？」華生心急地問。

「即是，只要把字卡中餘下的K、R、P，放到TEIA的前面，就會組成KRPTEIA。」

KRPTEIA

*斯巴達：古希臘的一個奴隸制城邦。

「唔⋯⋯也不像一個有意思的**單詞**呀。」
華生看着字卡，滿臉疑惑地說。

李大猩和狐格森也歪着頭，不明所以。

「是的，不過——」福爾摩斯說着，從記事
本上撕下一張紙，寫上字母「**Y**」，然後放到
KR後面說，「只要在**KR**後面插入**Y**，就
能構成一個有意思的**單詞**了。」

KRYPTEIA

「KRYPTEIA?」狐格森摸摸小鬍子，「從沒聽過這個單詞呢。」

　　「這不是常用詞，沒聽過也很正常。」福爾摩斯指着攤開的書本說，「此書叫《萊克格斯的生涯》①，作者是古希臘作家**普盧塔克**②，講述

公元前9世紀斯巴達的法典制定者**萊克格斯**③的一生。當中，有一節提及KRYPTEIA，你們猜猜是甚麼意思。」

　　「哎呀！這些 公元前 的東西我們怎會懂得，別賣關子了，快說吧。」李大猩不耐煩了。

　　「嘿嘿嘿……」福爾摩斯冷笑三聲，突然

①英文書名是《LIFE OF LYCURGUS》。
②普盧塔克（Plutarch）：（46？～120？）古希臘的傳記作家，莎士比亞也深受其作品的影響。
③萊克格斯（Lycurgus）：據傳他是公元前9世紀斯巴達的法典制訂者。

一本正經地說，「它——就是『**暗殺**』的意思！」

「甚麼？」3人大驚失色。

「在斯巴達的時代，**斯巴達人**一方面為了**鍛煉**年輕人的膽色，一方面為了**震懾**奴隸身份的**希洛人**，會在夜晚派出年輕人去

刺殺強壯的希洛人。這種刺殺行為，被稱之為

KRYPTEIA*。」福爾摩斯說，「不僅如此，有

歷史學者更認為，從事這種

刺殺活動的斯巴達人，把自

己視作『**秘密警察**』，

認為殺死希洛人奴隸只是**替天行道**，毋須為

殘害他人性命而受到

懲罰。」

加雷　　　　　　秘密警察

　「啊……」華生訝

然，「難道……難道

加雷認為自己是**秘密**

警察，他殺死黑幫分子只是**替天行道**？」

　「看來是這樣了。」福爾摩斯說，「我估

計，他為了**正當化**自己的殺戮，就選出8個

暗殺對象，讓他們的姓氏組成KRYPTEIA一

*中文譯作「克里普提」。

詞，以此 宣告 他的殺戮只是為社會清除罪犯的

正義之舉！」

K R Y P T E I A

「這麼說來，我記起來了。」狐格森若有

所思地說，「聽老一輩的警員說，加雷在年輕

時是個熱血警探，除了 槍法如神 外，為人 嫉

惡如仇，對付罪犯絕不手軟。不過，在一次

圍剿黑幫的行動中，他被黑幫分子開槍打穿了

肺葉，康復後已不能作奔跑之類的劇烈運動。

於是，他只好 退居二線，呆在檔案管理室裏

整理檔案，一幹就幹了30年。」

「原來如此……」華生不禁黯然，「他一定

是**心有不甘**，想在退休之前大幹一場，在歷史上留名。」

「不過，據說他**膝下無兒**，妻子又在半年前病故，其實也頗可憐的……」狐格森說。

「是嗎？」福爾摩斯想了想，「難怪他在檔案室呆了30年也**按兵不動**，卻在最近這兩個月突然蛻變成一個連環殺人魔。」

「為甚麼這樣說？」華生問。

「因為，促使他蛻變的條件已成熟了。一、妻子已死，令他無**後顧之憂**。二、黑獒斯的到來，讓他找到一個完美的**替死鬼**。」

「簡直就是**喪心病狂**！我們是執法者呀，怎可以率先犯法？我們馬上去拘捕他！」李大猩恨得磨拳擦

掌，說完轉身就走。

「少安毋躁。」福爾摩斯連忙勸阻，「我們還沒有實質證據呀，現在去拘捕他只會打草驚蛇，並沒有十足把握把他入罪啊。」

「哎呀，怎麼你每次都阻止我去抓人？」李大猩氣得直跺腳，「你究竟有甚麼想法？快說吧！」

「想法嗎？很簡單——」福爾摩斯一頓，以銳利的目光盯着李大猩說，「找出他下一個暗殺目標，然後看準時機，待他再次犯案時當場把他拘捕！」

「下一個暗殺目標？我們怎知道他下一個目標是誰？」李大猩問。

福爾摩斯一手抓起桌上那張「Y」字卡，揚聲道：「答案已在這裏呀。這——不就是加

雷的下一個目標嗎？」

「啊……」華生看一看老搭檔手上的卡,再看一看字母卡中空出來的位置,立即明白了!

K R   P T E I A

8個要殺的人有7個已經死了,但「Y」的位置仍然**懸空**,加雷的下一個目標,必然是姓氏第1個字母是「Y」的黑幫分子!只有這樣,他才能組合出KRYPTEIA一詞,完成他的大業。所以,只要找出姓氏首個字母是「Y」的黑幫分子,當加雷進行暗殺時,就可以當場把他拘捕了。

明白這個道理後,華生、李大猩和狐格森連忙翻開黑幫檔案尋找,看看有沒有一個這樣的人。

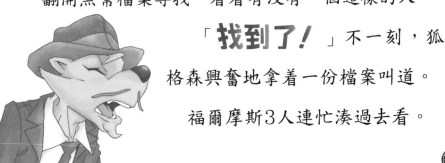

「**找到了!**」不一刻,狐格森興奮地拿着一份檔案叫道。

福爾摩斯3人連忙湊過去看。

狐格森指着檔案上的名字說：「此人姓**耶魯** *，第1個字母是 **Y**，第2個字母是 **a**，就像那7個已死的黑幫分子。而且，他也曾被檢控但又脫罪，應該是加雷的下一個**目標**。」

華生腦海中，馬上再次浮現出那張黑幫分子的名單，並加上了耶魯。

第2個字母　第3個字母

黑幫分子的名單

P→Pa→Paa→Paar
K→Ka→Kab→Kabi→Kabik
A→Aa→Aab→Aaby→Aabye
E→Ea→Ead→Eade
R→Ra→Rab→Rabe→Rabel
I → Ia → Iac→Iaco→Iacoc→Iacocc→Iacocca
T→Ta→Tab→Tabb
Y→Ya→Yal→Yale

「有道理。」福爾摩斯領首道，「但為保險起見，我們再找找，看看還有沒有符合這個條

＊耶魯的英文寫法是Yale。

件的黑幫分子。」

4人又找了個多小時，但除了耶魯外，再也找不到合符條件的人了。就是說，加雷的**暗殺目標**只有1個，就是耶魯！

「目標人物給我們找到了，但怎知道加雷會在何時動手？」狐格森問。

「你不是說過，他下個星期就要**退休**嗎？他一定會在退休之前動手。」

「為甚麼如此肯定？」李大猩問。

「連環殺人魔通常都有一個特點，就是非常執着於自己某些**原則**和**慣例**。」福爾摩斯分析道，「加雷既然執着於 KRYPTEIA 的意義，他一定視自己為執法者，所以，他必須擁有警察的身份才能正當化『**執法**』的行為。」

「啊！我明白了。」華生道，「加雷不能等

退休前　　退休後

執法者　　普通市民

到退休後才動手，因為他退休後只是一個**普通市民**。一個普通市民殺人，已不能被視為『**執法**』了！」

「原來如此！」李大猩的戰意又起，「**好！** 距離他退休只剩下幾天罷了，我們就**24小時跟蹤**他，待他向耶魯動手時，就衝出去把他拘捕！」

「對！到時殺他一個**措手不及**，就不怕他不認罪了！」狐格森也興奮得**摩拳擦掌**。

「機會只有一次，我們必須一擊即中。」福爾摩斯說，「否則，當加雷完成了KRYPTEIA暗殺計劃後，不知何時他才會再次犯案，我們就會失去馬上把他**繩之以法**的機會了。」

「那麼，我們該怎樣行動？」華生問。

福爾摩斯眼底閃過一下嚴峻的目光，然後詳細地道出他的計策。華生3人聽了，都不禁打了一個**寒顫**。因為，福爾摩斯的計策實在太過危險了，萬一失手將會**釀成大禍**！

第8個目標

5月30日的夜晚10時左右，**烏雲蓋月**，在微弱的街燈下，四周顯得一片陰暗。李大猩、狐格森和華生3人埋伏於街角暗處，**屏息靜氣**地等待加雷的到來。

「不知道福爾摩斯的**計策**會不會成功呢？」華生有點擔心地輕聲說。

「是啊。」狐格森也低聲道,「他設下的圈套雖然可以**引蛇出洞**,但實在太危險了。」

「哼!有甚麼了不起,越危險越能激起我的**鬥志**!」李大猩悻悻然地說,「真可惡!要不是我的塊頭太大,我一定不會讓他搶去這麼刺激的任務!」

「真的嗎?你真的想擔起這個任務?」狐格森以譏諷的語氣道,「你不怕加雷的**槍法失準**,一槍把你打死嗎?」

「甚麼?你以為我是誰?我會像你那樣**貪生怕死**嗎?」李大猩壓低聲音怒道。

「我貪生怕死?你——」

「哎呀,你們別吵了。」華生連忙低聲制止,「福爾摩斯的性命在我們手上,不能**分神**啊!」

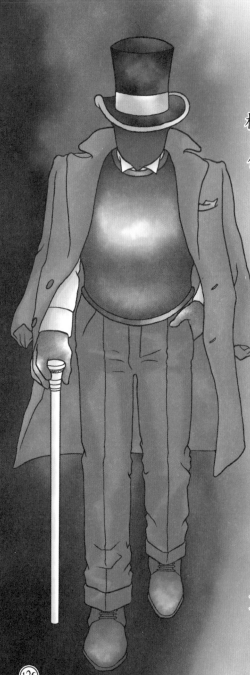

就在這時，一個紳士模樣的**黑影**步進了他們的視野。他身形高瘦，頭戴**高帽**，披着一件深藍色的**大衣**，手上還拿着一枝在黑暗中分外耀眼的**白色手杖**。

「他向我們這邊走來了！」李大猩的喉頭發出了低沉的聲音。

華生不禁心頭一顫，摸了摸插在腰間的**手槍**。

待他走過後，李大猩才悄悄地從黑暗中閃出，探頭監視着那兩個正在遠去的、**一高一矮**的身影。華生不敢怠慢，連忙拔出手槍，從李大猩身後探出頭來，盯着那兩個黑影的**一舉一動**。

突然，加雷停了下來，他往腰間摸了摸，然後**從容不迫**地拔出手槍，二話不說，就「**砰**」的一聲往前面的紳士打去。

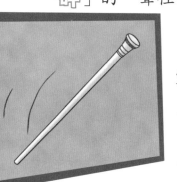

「**哇呀**」一下慘叫劃破夜空，那個紳士應聲倒地，那枝白手杖也從他的手中飛脫，甩上了半空。

當手杖掉在地上時，發出「**噹啷**」一聲巨

響，它有如**發號施令**似的，只見李大猩已一個急步**躍出**，直往那矮小的黑影撲去。

狐格森也毫不猶豫地跟着**撲出**，追着李大猩往前奔去。雖然一切都在預計之內，但華生仍然被嚇得呆了半秒，當他回過神來快步奔前追趕之際，卻赫然看見加雷已一個急轉身，舉槍往李大猩射去！

「**砰**」的一下槍聲響起，華生和狐格森都**不約而同**地被嚇得急忙煞停步伐。但兩人定睛一看，只見李大猩已滾到一旁，而加雷則單膝跪在地上，用左手按着**滲血**的右臂。華生看

砰

到，他的手槍已掉到地上，毫無疑問，被打中的不是李大猩，而是加雷！

「**嘿嘿嘿……**」這時，一陣冷笑聲從加雷的身後響起，那個中槍的紳士不知何時已站了起來，他用力一甩，把身上的大衣和藏在大衣下的**盔甲**拋到一旁。原來，眼前的紳士不是別人，正是我們的**大偵探福爾摩斯**！

「幸好你的槍法沒失準，剛好打在我穿着的盔甲上。要是打中我後腦的話，我已──**命歸西**

了。」福爾摩斯冷冷地道，「你的手很痛吧？別怪我啊，我不想看到老朋友中彈身亡，只好**先發制人**。」

「原來是個**陷阱**，沒想到你們這些**膿包**竟能識破我清除社會敗類的大計！破壞我**替天行道**！」加雷轉頭向福爾摩斯怒道。

「甚麼替天行道！」福爾摩斯喝斥，「**你胡亂殺人，視法紀如無物，怎算是替天行道！**」

「哼！我殺的都是黑幫罪犯，他們都是**人**

查，根本沒資格活在世上！既然法律無法制裁他們，由我出手有何不可？」

「他們當中有些只是黑幫中的**小混混**，罪不至死呀！」福爾摩斯嚴詞斥責，「況且，你還殺了一個受人敬重的**好醫生**，難道這也算是替天行道嗎？」

「好醫生？我呸！他居然走去救那個**罪行累累**的跛牛，只是自己找死罷了！」

「廢話少說！**束手就擒**吧！」狐格森喝道。

「束手就擒？哇哈哈哈，簡直是妄想！破壞我替天行道的人都不得好死！」加雷寧笑大叫。

華生沒想到，眼前這個**垂垂老矣**的檔案室管理員，全身竟然散發出一股強大的能量，令周圍的薄霧都彷彿染上了**邪氣**，叫人看着也感到頭皮發麻。

「哼！你已**失手被擒**，不得好死的是你！」李大猩蹲在地上罵道。

「是嗎？你太小看我了！」突然，加雷**猛地**從褲管中抽出一枝手槍，舉起就往正對着他的華生打去！

「危險！」福爾摩斯大叫。

砰！砰！砰！

三下槍聲響起，在**千鈞一髮**之際，福爾摩斯、李大猩和狐格森幾乎在同一時間開了槍。華生**如夢初醒**，呆呆地看着眼前的加雷「噬」的一聲倒在地上。

福爾摩斯和華生兩人離開蘇格蘭場時，天色已微微發亮。他們拖着疲累的身軀，登上了一輛停在路邊的馬車，踏上了歸途。

　　「本來以為可以活捉他，沒想到他會**垂死反抗**，竟然在最後關頭仍向你開槍，實在遺

憾。」福爾摩斯有點**耿耿於懷**地說。

「是啊，幸好你們的反應比他快，否則倒在地上的將會是我。」華生**猶有餘悸**地說，「加雷也真狡猾，竟然身懷兩枝手槍，一枝被你開槍打脫了，竟然還有一枝藏在褲管下。」

「我太大意了，沒料到他**有此一着**。」

「這不能怪你，只能怪此人太奸狡。」

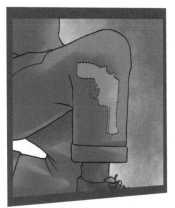

「不，身攜兩枝槍進行『**暗殺**』應是他的習慣。」福爾摩斯說，「記得嗎？在跛牛和赤熊老師被殺案中，他也用了**兩枝手槍**，我們當時還誤以為是兩個槍手合作行兇呢。」

「這麼說來，確實也是。」華生領首道，「不過怎樣也好，總算破了案，沒白費你冒生

命危險誘他出手。」

原來，福爾摩斯在決定誘捕後，找到了加雷的第8個目標耶魯，知道他的身形與自己差不多，外出時又喜歡手持白色的手杖。於是，他就叫耶魯躲起來，自己則假扮耶魯住進他的家中，並常穿着耶魯的大衣，拿着白手杖在夜街出沒，誘使加雷狙擊。這個行動雖然風險頗大，但之前7個受害人都是心臟中槍死亡，福爾摩斯估計那是加雷行兇的習慣，所以在大衣下穿上鋼製甲，以保安全。

「他本來是一個好警察，卻走上了邪道，實在可惜。」福爾摩斯深感惋惜地說，「這是法治社會，我們不能為了整治罪惡而進行暗

殺，更不能自比『秘密警察』，私自執行法外的制裁。如果每個人都這樣，社會必會大亂。」

「是啊。」華生說，「而且，他為了私自執法，不但殺了赤熊老師，還插贓嫁禍無辜的黑獒斯，根本算不上是替天行道。他只是一個着了魔的連環殺人兇犯而已。」

後記

在美國紐約大學的「電影研究科」（Cinema Studies）唸書時，由於必須學習電影的歷史，所以對美國電影之父格里‧菲斯（D.W. Griffith）的電影也必須有所了解。

著名的史詩式鉅製《國家的誕生》和《黨同伐異》當然不能不看，但我對他早期的短片更感興趣，因為通過看那些短片，可以知道早期的電影語言的發展過程。所以，當時我常躲在系內的小放映室中，借來一卷卷16mm的影片，自己放映自己看。

這些影片攝於19世紀末至20世紀初，由於年代久遠和保存困難，大部分早已失傳了。幸好在1940年代，有一位美國國會圖書館的職員，無意中在倉庫中發現了一箱箱的相片，細看之下，發覺相片全是複製自早年的電影菲林。原來在19世紀末，電影是嶄新的事物，故不受版權法例的保護，但一張張的相片卻反而受到保護。於是，電影公司為了保護影片的版權利益，就把每一格菲林複印成相片送到國會圖書館去作版權登記。就是這樣，本來失傳的影片就以相片的形式保存下來了。

到了1950年代，在美國電影藝術與科學學會的支持下，這些相片全部被翻印成16mm的電影，讓珍貴的電影短片得以重見天日。我在紐約大學看到的，就是這些翻印拷貝。

沒想到，這段有趣的記憶竟在相隔多年之後，讓我寫成了這部《連環殺人魔》。世事真是奇妙啊！

科學小知識

【視覺餘像】（視覺暫留）

當我們凝視一個電燈泡一會，然後閉上眼睛，會發覺那個電燈泡的影像仿似仍然殘留在眼內。這種視覺上的感覺，被稱為視覺餘像或視覺暫留。

換句話說，當視覺器官（視網膜）受到外界刺激（如電燈泡的光線）後，就算這種外界刺激已消失（電燈泡熄滅），視覺器官仍會感受到這種刺激的存在（看到發亮的電燈泡）。這就是視覺餘像（視覺暫留）了。

電影就是利用視覺器官的這種特性而發明的。

不論電影和動畫，其實都是由一幅一幅連貫的圖像組成的，如果我們以翻看書本的速度來看這些圖像時，它們是靜止不動的。然而，當我們以放映的速度（1秒18～24幅）來翻動這些圖像時，它們看起來就會動起來了。

故事中的福爾摩斯，就是利用這個原理，令一張張印在紙上的影像動起來的。因為，人的視網膜記憶機能約是1／16秒，所以每一幅的圖像大約會在視網膜上停留1／16秒（這時候的圖像被稱之為餘像），緊接而來的圖像就會疊在餘像之上，當1秒之內這種「圖像運動」進行18～24次，本來靜止不動的圖像也會仿似動起來了。

（更詳細的說明可參考《兒童的科學》第146期。）

科學小知識

【火柴】

　　在本集故事中，黑獒斯在電燈柱上把火柴一擦，就點着了火。這種火柴雖然方便，但並不安全，因為其火柴頭的主要成分是三硫化四磷，只要擦在表面粗糙的地方上（如牆壁、鞋底）就可點着。但由於太過容易點着，也很易因火柴之間互相摩擦引發火災，所以當發明了安全火柴後，這種火柴就被淘汰了。

　　安全火柴之所以安全，是因為其火柴頭的主要成分是氯酸鉀和三硫化二銻，不容易自燃，必須在含紅磷的沙紙（火柴盒側面褐色的部分）上摩擦，才能燃燒起來。

　　因為，當火柴頭在沙紙上擦了一下時，會擦下沙紙上的紅磷而引發一點火星，火星會馬上燒着火柴頭上的三硫化二銻，並令氯酸鉀受熱後產生足夠的氧。由於有火又有氧，再加上火柴杆的松木或白楊木易燃，杆上又塗了助燃劑（石蠟或松香），火柴就很容易燒起來了。

圖解：

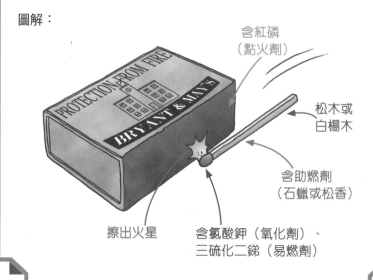

含紅磷
（點火劑）

松木或
白楊木

含助燃劑
（石蠟或松香）

擦出火星　　含氯酸鉀（氧化劑）、
三硫化二銻（易燃劑）

動畫③

《逃獄大追捕》會拍成動畫。

真的？會把我們拍成怎樣呢？

不容樂觀。

為甚麼？

觀眾都喜歡看帥哥，但我們……

但我們很有陽剛氣呀。

現在流行小鮮肉，陽剛氣不賣錢。

動畫④

《逃獄大追捕》會拍成動畫。唏！

咘！我一定要去看。

你還是別去看了。唏！

為甚麼？咘！

你要與刀疤熊肉搏，被他打得頭破血流。唏！

怎會這樣？打戲不是你負責的嗎？咘！

是呀，但你負責被打。唏！

劈！